내 사랑 도미니카

시작시인선 0294 내 사랑 도미니카

1판 1쇄 펴낸날 2019년 6월 28일
지은이 장문석
펴낸이 이재무
책임편집 박은정
편집디자인 민성돈, 장덕진
펴낸곳 (주)천년의시작
등록번호 제301-2012-033호
등록일자 2006년 1월 10일
주소 (03132) 서울시 종로구 삼일대로32길 36 운현신화타워 502호
전화 02-723-8668
팩스 02-723-8630
홈페이지 www.poempoem.com
이메일 poemsijak@hanmail.net

ⓒ장문석, 2019, printed in Seoul, Korea

ISBN 978-89-6021-431-6 04810
       978-89-6021-069-1 04810(세트)

값 10,000원

내 사랑 도미니카

장문석

천년의시작

시인의 말

당신이 내 화원에
꽃 한 송이 심어놓고 간
그 봄날 이후,

그때껏
내가 그린 모든 풍경들이
한바탕 몸살을 앓더니만
홀연, 그 꽃의
배경이 되고 말았다

도미니카,
당신은 내 운명이다

2019년 6월

차 례

시인의 말

제1부

예순이 왔다

이전엔 늘 잠이 모자랐다
학교 늦을라, 흔들어 깨우는
엄마가 미웠다 군용 모포 끌어당기는
기상나팔도 출근 재촉하는
알람도 싫었다 더 자고 싶었다
아예 깨고 싶지 않은 꽃잠도 있었다
꿈이 많던 시절이었다

그러던 어느 날부터인가
새벽잠이 사라지기 시작했다
꽃잎도 사금파리도 아스라한 별똥별인데
속절없이 깨어나 은하의 기슭
뒤척이는 날이 많아졌다 어쩌다 돋는
꿈 한 촉도 오래 정박하지 못했다
꿈의 잔해가 부스럭거렸다

굽 낮은 튜바의 음색이었다

허브* 비빔밥

허브는 커다란 양푼이다
터미널이다
갖은 사연들이 사방에서 모여든다
차림새가 조금씩 다르긴 해도
정갈한 예의범절이다

허브는 둥근 식탁이다
자전거 바퀴이다
수많은 살들이 모여 완벽한 중심을 이룬다
페달을 밟아보자, 참기름도 넉넉히 두르고
바퀴가 잘 굴러갈수록 맛깔스러워진다

속속들이 향내가 난다
로즈마리 향내가 나고 라벤더 향내가 나고
한동안 잊고 있었던
너의 향내가 나고 나의 향내가 나고
우리 모두의 향내가 난다

모두들 이리로 와 둘러앉아 보자
숟가락을 들어보자

오늘은, 오늘만큼은 너나없이
허브 비빔밥을 먹어보자
허브가 되어보자

* 허브: 1. 여러 방향에서 온 데이터를 하나로 모았다가 다시 여러 방향
　　　 으로 보내는 장소.
　　　 2. 자전거 바퀴의 살이 모여있는 중심축.
　　　 3. 예로부터 약이나 향료로 써온 식물.

기차 여행

딸과 함께 기차 여행을 떠났다
딸은 순방향으로
나는 역방향으로
마주 앉아 오랜만에 오붓했다

딸은 지도를 짚어가며
이제 막 오고 있거나
어디쯤엔가 오고 있을
구름과 거기에 양각된 사랑에 대해
동박새처럼 재재거렸다
하얀 뿔테 안경 너머의 눈빛이 초롱했다

나는 검은 뿔테 안경을 고쳐 쓰며
저 멀리로 사라지고 있거나
이미 사라져버린 신발과
거기에 음각된 흉터에 대해
말하려다 입을 다물었다
산등성을 물들이는 노을빛이 고즈넉했다

어느 역을 지날 무렵이었을까

우리는 김밥으로 요기를 했다
딸은 연신 엄지손가락을 추켜세웠고
나도 덩달아 고개를 끄덕이면서
삶이란 더불어 밥 먹을 인연을 찾아 떠나는
여행길이라며 웃었다 소리 없이

어둠이 오자 창밖 풍광은 지워졌다
오는 풍광도 가는 풍광도 없었다
나는 스물을 넘어오는 딸의 손을 잡았고
딸은 예순을 넘어가는 나의 손을 잡았다
구태여 목적지에 대해서는 서로 묻지 않았다
우리는 같은 길 위에 있었다

근시

하얀 깃털 모자를 쓴 음표들이
뭉게뭉게 피어나 구름이 되었다
구름은 높고 멀었지만
양귀비 꽃씨만 한 음표들도
또랑또랑 다 보였다

나는 그 음표들을 물고 와
나만의 노래의 집을 짓겠다며
한사코 뒤를 쫓던 시절이 있었다
무지개 사다리 둘러메고는

구름은 너무 가벼워
조금만 스쳐도 출렁거렸다

그때마다 비가 내렸고
음계를 이탈한 음표들이
빗물에 씻겨 갔다 청춘의
저 너머로 가뭇하게
흘러갔다 이제는 잘 보이지도 않는

언덕길에 사다리를 버리고는
한결 수월해진 삶과 마주했다
술상에 떨어진 몇 개의 음표만으로도
권주가는 충분하다고 생각했다

그런데 저 사내는 누구인가
벌써 몇 시간째 안경점 앞을 서성거리는

가을 달팽이

소리도 물든다는 것
주파수의 파동에 따라
때 되면 저마다의 빛깔로
물들어 채널 밖으로
한 잎 두 잎 진다는 것
아니, 지는 게 아니라
껍질 떨구고 안으로
안으로 침잠하여
조용히 달팽이관에
든다는 것

몰랐다, 그저 소리는
살아있는 것들의
외로운 표식인 줄로만 알았다
그래서 두 귀 쫑긋 안테나를 세우고는
함께할 주파수를 찾아
먼 길 마다 않았던 것이다
딴은 몇 개의 고정 채널이
생겼다, 싶었던 것이다

소리는 밖이 아니라
채널의 안쪽에서
씨방으로 여문다는 것
그 여무는 소리는
언제나 아픔이어서
귀를 닫아야만 들린다는 것
또한 제 빛깔로 여무는 일은
그 아픔에 끄덕일 줄 안다는 것
그래야만 열매가 둥글어진다는 것
몰랐다, 예전엔

나는 천천히 안테나를 접기 시작했다

명량鳴梁

언젠가는 부닥치리라,
예상치 못한 것은 아니었지만
덜컥, 외통수다
더 이상 물러설 곳이 없다

야바위판 기웃거리다
우순풍조의 바닷길이 있다는
송학명월의 패에
판돈 전부 걸어버릴까,
나침반 쪼여보던
기항寄港의 시절도 있었지만

어느덧
돛폭의 귀밑머리
하얗게 흩날리는
예순의 해협

수천수만의 물결이다
거칠고 빠른
숭어 떼의 외침이다

검푸른 어혈
돌아 나오는
울음의 소용돌이다

아직은 열두 척의 배
남아있는가[*]
스스로에게 장계를 올리는
삶의 울돌목이다

눈 들면, 저기
펄럭이는 초요기招搖旗

염소의 뿌리

염소의 뿔이 돋았다,
라고 쓴다는 게
염소의 뿌리 돋았다,
라고 썼다

나는 왜 '뿔이'를 '뿌리'라고
썼을까? 어떻게 그 둘을
은연중 하나로 읽고 있었을까?

뿔은 용맹의 표상이었고 자랑이었다
뿔은 나의 생존이었다

내리뛰고 치뛰며 늘 사냥을 했고
투쟁을 했다 내 비록
거친 풀을 좋아하나 물비누 닮은
꽃 풀을 마다한 적 없고 늙었다 하나
살진 암컷을 양보한 적 없다

덤벼라, 그 누구든
내 모든 표독慓毒을 보여 주마

송곳 뿔로 이마를 치받아
솟구치는 핏줄기, 그걸 화환으로
절벽을 포효하리라

그런데 뿌리라니!

언제부터 나는 뿔에서 물의 나이테를
읽고 있었던 것일까? 뿌리를 타고 오르는
물의 소릴 듣고 있었던 것일까?

뿔과 뿌리는 모두 심장에 닿아있었다

뿔은 갈수록 닳아 둥글어지고
뿌리는 그만큼 더 깊어지고 있었다

개와 늑대의 목로

해질 무렵, 그들은 목로에 도착했다
모두들 늑대의 신분증을 가지고 있었다
조상의 뼈를 몽골 초원에 묻어두고
일찍이 알타이산맥과 고비사막을 넘어온
회색 늑대의 후예라는 것이었다

그들은 양가죽 모자를 쓰거나
토끼털 목도리를 하고 있었다

처음의 건배사는
'외로운 늑대를 위하여'였고
뒤이은 건배사는
'늑대의 부활을 위하여'였다

혁명과 쿠데타의 협곡도
아니 지난 것은 아니라고 했다
비분강개의 푸른 발톱
누구보다도 날카롭게 갈아 세웠다고 했다
병든 노모의 눈곱만 아니었더라면
지금쯤 이마에 별 몇 개는 달았을 것이라며

짐짓 어깨를 으쓱이기도 했다

물러서는 것은 치욕이라고 했다
밤낮 뒤통수를 노리는 검은 총구
두렵지 않았다고도 했다 예나 지금이나
자식의 숟가락 녹슬지 않는다면
어찌 잠시나마 무릎 꿇고 꼬리를 흔들겠느냐며
너도 그렇지 않느냐며
마지막 건배사는 삿대질로 대신하기도 했다

그들이 떠난 후, 술집 주인은
목로 밑에 흩어져 비틀거리는
개 짖는 소리 몇 점과 늑대 탈 몇 개를
쓰레기통에 쓸어 담았다

가시연꽃

나는 곧잘 너의 집 대문을 두드린다
네가 숨겨 놓았을 세간이 궁금했던 것인데
너는 초록 파피루스로 지붕을 삼고는
거기에 은빛 구슬을 굴려준다

누군가 수시로 나의 집 대문을 두드린다
나도 찬장에 감춰놓은 요리를 들키기 싫어
초록 파피루스로 차양을 치고는
거기에 은빛 구슬을 굴려준다

우리는 모두 연못 속에 둥지를 틀고 있다
물살이 일 때마다 서로에게 가시 창을 겨누지만
너나없이 같은 진흙탕에 주춧돌을 박고 사는 이웃이다
그렇다고 썩은 내가 진동하는 것은 아니다
은빛 구슬 언어의 위장술은 매우 영롱하다

우리는 그렇게 문을 닫아건 채 동지가 된다
찌르고 찔리며 서로의 삶을 첨삭한다
그러다 때가 되면 앞다투어 심지를 돋우고는
집집마다 대문 밖에 장명등을 내다 건다

결코 물밑 세계를 비추지 않는

해마다 반복되는 이 우아한 감언이설에
우리의 묵시적 연대는 더욱 날카로워진다

반달

　어쩌면 저리도 금빛 선연한 쪽배가 있단 말인가 그 황홀
한 빛날에 선뜻 가슴을 베인 나는 다짜고짜 그것을 건져내
걸망에 담았다
　자작나무 숲으로 둘러싸인 작은 호수를 지날 무렵이었다

　이제 집으로 돌아가 대문 밖에 매어두고는 등 터진 새우
부족이나 회오리바람 여전한 변방 요새를 찾아다닐 때 이
용할 작정이었다
　그때 신고 갈 약방문이나 격문을 쓰기 위한 희디흰 자작
나무 껍질도 몇 장 그 위에 얹었다

　그리하여 마침내 물결 잦아든 화평의 시절이 오면 벗님네
들 더불어 은하의 복판으로 배를 밀어 휘영청 달빛 시회詩
會를 열 궁극의 요량도 설계해 놓았다
　유하주流霞酒가 제격일 것이다 약방문이나 격문을 대신한
시가 새도록 취흥을 돋울 것이다

　그런데 이상한 일이다 집이 가까워지면서 홀연 어깨가 가
벼워지고 있음을 깨달았다 어느새 걸망 안은 텅 빈 채 자작

나무 껍질만 자작자작 매달려 있었다
쪽배는 언제 하늘로 돌아간 것일까

만월

나는 밤마다 심장에 박힌 화살촉을
망치로 두드렸다 화살촉은 너무 날카로워
조금만 뒤척여도 눈물이 났다

화살촉엔 돋을새김된 너의 이름이 선명했다

도리질을 하며 망치로 두드렸다 무뎌지라고
아니다 어쩌면 나는
너의 이름을 담금질하고 있었는지도 모른다

애당초 너에게 심장을 열어준 건 나였다
그때 내 심장은 너무 붉어 가둬둘 수가 없었다
기꺼이 생사의 경계에 서보고 싶었다

화살촉은 무뎌지지 않고 갈수록 자라났다

그걸 알면서도 두드렸다 짐짓
불꽃을 일으켜 이마에 지피고는
술도 뿌리고 노래도 불렀다

그런 날 밤이면 너의 이름은
더욱 깊숙한 곳으로 들어와 서늘하게 빛을 발했다
마침내 나는 그 서늘한 아픔에
입을 맞추기로 했다

순간, 휘영청 만월이 올랐다

굴비

바다로 갈 것이다
온몸의 살점을 다 뜯기면서도
끝내 대가리를 포기하지 않은, 뿐만인가
죽음의 끝까지 대가리와 함께한
날카롭고도 단단한 뼈
조금의 뒤틀림이나 굽힘이 없는
그 결연한 자존을 들고 갈 것이다

연평도 앞바다가 좋겠다
아예 인당수가 좋겠다
거기서 삼가 제를 올리고
용왕님 품에 들겠다

굴비의 삶을 용납 못 하는
여기는 뭍, 대가리 없는 늑대와
뼈 없는 박쥐가 엇박자로
춤추고 노래하는
화염의 연옥,
그 뜨거운 불바람에
수많은 굴비들이

두름 두름 교수絞首를 당하는 곳
식탁마다 붉은 쇠젓가락이 놓이는 곳

바다 중에서도 인당수로 갈 것이다
형형한 절망으로 갈 것이다
아직은 대가리와 뼈 온전하니
또다시 환생을 꿈꿀 것이다
용왕님 전에 두 무릎 꿇고
결코 비굴이 없는
굴비의 세상을 기원할 것이다

꾀꼬리

치자나무 한 그루 심었던 것인데
삼가 곡우의 날을 받아 심었던 것인데
물 주고 북돋우며
정성껏 키웠던 것인데

교실 마룻바닥에
노란 치자 물을 들였던 것인데
물들이다 그만,
그 애와 내가
노랗게 물들었던 것인데
노란 꾀꼬리가 되어
교실 밖 오리숲으로
꾀꼴꾀꼴 날아갔던 것인데

그 오리숲이 그리워
치자나무 한 그루 심었던 것인데
꾀꼬리가 되고 싶었던 것인데
그 애가 보고 싶었던 것인데

눈사람

그리움이란 늘 그런 것이다
너에게 달려갈 발이 없는 것이다
그리하여 너를 향해 오롯이
한자리에 앉아있기만 하는 것이다
좁혀지지 않는 너와의 거리
그 안타까움 씻으려고
그믐밤도 하얗게 빛나는 것이다
빛나면서 나를 지우는 것이다
너를 바라보기 위해 굴러온
그 많은 길들을
하나씩, 하나씩 녹여 내며
아프게 사라지는 것이다
그런 것이다 그리움이란
사라지면서 완성하는 것이다
때 되면 이 자리
너는 와서 보아라

민들레 한 촉

향연

꽃이 피어요
사막을 건너 바다를 건너 걷잡을 수 없이 달려와요
서역 땅 머나먼 길 연분홍 끝동 너울너울
보셔요, 하마 앞산 기슭에 송아리 송아리 피어나잖아요

꽃 마중 나가요
홍동백서 좌포우혜 향연을 따라 향연을 따라
삼월 스무날 밤, 달빛 어두울라 쌍촉도 밝혀 들고
옷매무새 가지런히 들창문 나서요

지금 생각해 보면
당신은 몇 겁 윤회의 강을 건너 이승에 오셨을 터인데, 무
슨 업을 그리도 많이 짊어지셨는지
어린 싹 메마를라 가슴 물 죄다 길어
이마 주름 고랑 고랑 깊어지시더니

아득하여라, 목숨으로는 오갈 수 없는 나라

꽃으로 오셔요
명부의 담벼락 제아무리 높다 해도

당신의 초롱잠에 섭새긴 꽃 향만은 막지 못해요
설레는 초행길 꽃술로 오셔요

아, 이제 당신이 오셨나 봐요
파르르 촛불이 흔들리네요

찔레꽃

어느 볕 좋은 날, 찔레꽃 흐드러진 울타리께로 젊은 엄마 너울너울 걸어가신다 한 마리 나비처럼, 화음을 맞추느라 꿀벌들의 노랫소리 하얗게 깔리고

그 화음을 들으랴 온갖 초목들이 반짝반짝 연초록의 귀를 열고 있다

툇마루에 반쯤 누워있던 나도 읽던 책 저만치 던져두고 연초록 오선지를 펼쳐놓았더니만

조촐한 음표들이 앞다투어 밀려와 저마다 자리를 잡는 것이었는데, 그 알싸한 향내란!

그만 어찔하여 깜빡하는 사이 찔레 가시에 찔렸는지 젊은 엄마 고운 미간을 찡그리신다 꽃잎 위에 떨어지는 선홍빛 선혈

방울방울 꽃잎 속으로 걸어 들어가신다 붙잡을 겨를도 없이 다리가 보이지 않다가 어깨가 보이지 않다가 이내 머리카락까지……

홀연 온누리에 지천으로 깔리는 찔레꽃, 하얀 찔레꽃

화들짝 울타리께로 달음박질쳤지만 후드득 눈물에 밟히는

몸에 밴 이 향내는 왜 이리 지워지지 않는가
저 아득한 오월의 서녘 하늘

제2부

접부채

너하고 접하고 싶다
도화 백접, 포개고 싶다

바람,
그 아찔한 깊이에 빠지고 싶다

내 사랑 도미니카 1
—블루홀

돌아가기엔 너무 늦어버렸다

어제는 뜨거운 불비
석류알처럼 쏟아지는 쿠릴열도를 지났고
오늘은 날카로운 유빙
아이스크림처럼 떠도는 베링해를 건넜다

갑판은 불타고 뱃머리는 깨졌건만
앞에는 여전히 송곳니 날카로운
알래스카만의 붉은 아가리
이미 깊숙한 불의 고리*이다

불의 고리 곁에는 기다렸다는 듯
거대한 대륙, 허리 가로질러
운하 넘으면 또다시
몰아치는 허리케인, 첩첩일 것이다
마치 잘 숙성된 복선처럼

그날 새벽, 파랑의 행간에 얼비친 블루홀**
닿을 수 있을까

보석보다 짙푸른 카리브해의 눈동자
그 가늠할 수 없는 심연의 꼭짓점까지
자맥질할 수 있을까

거기서 한 마리의 말이 된다면
말이 되어 해풍에 비늘 찢긴
뭇 해마海馬들 더불어
고요한 묵도의 깊이에 들 수 있다면

얼마나 좋을까, 나 또한
도미니카*** 니카 니카, 노래를 부르며
말들의 공화국, 그 신비의 블루홀에
붓 한 자루 너울거릴 수 있다면

* 불의 고리: 지진과 화산활동이 빈번한 환태평양화산대.

** 블루홀blue hole : 해저 침강 작용으로 움푹 패인 지형. 카리브해의 그
레이트블루홀이 가장 유명함.

*** 도미니카Dominica: 가톨릭 성인聖人의 이름이면서 카리브해에 위치
한 공화국 이름.

내 사랑 도미니카 2
—커피를 마시며

커피는 쌉싸름하고 달콤하다
도미니카 커피는
더더욱 쌉싸름하고 달콤하다
그러니까 도미니카,
당신은 쌉싸름하고 달콤하다

나는 당신을 사랑한다
지그시 눈을 감고
도미니카,
당신의 이름을 혀끝에 부르면
천지는 온통
갈색의 향내로 일렁인다

한 모금이 곧 궁극이다
한 줄의 시가 곧 궁극의 우주이다
그리하여 나는
도미니카, 당신에게로 간다
카리브해의 따사로운 볕의 제단에
간밤 뒤척이던 문자를 바친다
한 모금의 우주를 위하여

알알이 붉은 보석으로 익어가기를

당신을 향한 나의 기도는 이미
치명적인 중독이다
지금도 그렇고
이 생生의 끝 또한 그러할 것이니
도미니카, 이제 내 안에
당신의 공화국을 세우기로 한다

시인이 종신 대통령인

내 사랑 도미니카 3
―지구본

지구본을 반 바퀴
살짝,
돌려본다

도미니카, 당신은 거기에 있구나
카리브해의 푸른 산호초
해풍에 날리며

또 반 바퀴
살짝,
돌려본다

당신을 그리는 나는, 여기에 있구나
반도半島의 검은 붓
높새바람에 적시며

우린 참으로 가까이 있구나
반 바퀴만
살짝,
돌면 닿을 수 있는

그러나 내가 반 바퀴 살짝,

돌면

당신도 반 바퀴 살짝,

도는구나

물과 뭍을 건너 지구의 반대편에서

그리하여 내 시의 반 바퀴는 영원한 갈증이구나

비파객잔
—복면 무사

바야흐로 모래바람 앞세워 바잣문 밀고 들어오는 저 검은 복면의 무사를 나는 아주 잘 알고 있다
언제나처럼 호기롭게 문향검文香劍 두드려 술을 청하고는 스스럼없이 술잔을 권하는 모습이 전혀 낯설지 않다
비파 선율 낮게 깔리는 서역의 관문, 비파객잔에서였다

몇 순배나 돌았을까? 취기가 오르는지 무사는 또다시 때묻은 무용담을 풀어놓기 시작했는데
눈에서는 푸른 광채가 났다

육십 평생 단 한 번의 무술 대회에도 참가하지 않아 그 이름이 널리 알려져 있지는 않았지만
칼깨나 쓰는 사람들에게는 알음알음 추앙을 받던 진정한 강호의 고수가 바로 자신이라는 것이었다

특히 중추의 달빛 구곡에서 시연한 월광검법은 지금도 무림의 전설로 회자되고 있거니와
매 초식마다 우주를 넘나들던 서늘하고 휘황한 문향의 달빛은 자못 삼라만상을 감복시키는 데가 있어
문민파 방장의 간곡한 삼고초려로 잠시 출사하기도 했

다는 것인데

　이 풍진 세상을 칼 한 자루로 구휼하겠노라며

　그렇게 세상에 나온 무사는, 비록 짧았으나
　수시로 출몰하는 저랑猪狼의 무리와 맞서기를 수십 차례
　무지갯빛 검풍 뻗치지 않은 곳 어디 있으랴
　그럼에도 무명 무사로 이 객잔까지 흘러든 것은
　뭇 평자들의 무지와 몰이해 탓인 것을, 부질없어라
　스스로 파문하여 방랑 무사로 떠돈 것을

　어느 봄날이던가, 무릉의 도화촌에 들러 음양검법도 선
보인 적이 있었다는 것인데
　어찌나 절륜한 검법이었던지
　불과 일합을 겨루었을 뿐인데도 도도한 도화들이 너나없
이 교교한 교성으로 혼절을 하는 바람에
　도화촌은 때 아닌 도화 만발로 도색이 분분하였던 것이나
　세월의 학익진 앞에서만큼은 제아무리 연마장양한 음양
검법일지라도 일순에 불과한 검광인 것을, 어쩌랴
　이렇게 복면을 하고 슬쩍 꽁무니를 빼는 수밖에

무사의 허세는 여전히 치기만만하였지만

그렇다고 복면을 벗지는 않았다

애써 문향검의 녹을 감추려는 듯, 아직은 퇴역이 아니
라는 듯

나는 기꺼이 무사의 빈 잔에 술을 따라주었다

비파의 하현이 서역을 노래하는 객잔의 밤이었다

늦가을 오후

상가喪家에서 구두가 뒤바뀌었다
그것을 사흘 만에야 알았다

높은 굽에다 모양과 크기도 엇비슷했다
심지어 뒤축 바깥이 삐딱하게 닳은 것도 닮았다

누군가 나처럼 키 작고 발 작은
세상을 삐딱하게 걸어온 사람이 있었나 보다

그를 위해 술 한 잔 더 부어놓고
혹시나, 연락을 기다리는 늦가을 오후

약력

어느 문예지에 시 한 편 싣자 했더니
약력도 함께 보내란다
말하자면 출신 성분을 밝히라는 것인데
마땅히 쓸거리가 없다
신춘문예니 문학상이니 하는
화려한 족보도 나는 갖지 못했고
적토마나 오추마를 배출한
명문거족의 후예도 나는 아니고
눈썹 하얀 노시인의
은근한 후광도 나는 없으니
그리하여 문단의 어느 골품骨品에도
내 자리는 보이지 않는데
그렇다고 진주조개쯤도 나는 못 되고
참으로 난감하다
생년과 주소만을 적을까
햇볕과 바람이 배후라고 적을까
간단한 이력이 영 간단치가 않다

명사鳴砂

꿈꾸었으나 이르지는 못했다

사막여우와 전갈 부족이 해묵은 원한의 족보를 불태우고
더불어 포도주를 마신다는 곳
잔을 더할수록 야자의 그늘은 더욱 깊어지고

그런 날 밤이면 곧잘 시詩의 향연이 열리기도 하여
안드로메다 성운의 계관시인들도 금빛 망토를 이끌고 내려와
월아천月牙泉*, 그 맑은 물에 목청을 헹군다는 것인데……

나는 아직도 사막의 한가운데
시 한 구절 짓지 못했으니
낙타여, 언제쯤 우리 그 향연의 문 앞에 닿으리

낙타가 끄덕이며 메마른 붓을 핥아준다
나도 시늉하며 쌍봉 연적을 흔들어준다
문득, 먼 데 사막으로 흘러가는 나지막한 울음소리

이르지는 못했으나 버리지도 못했음을

---

* 월아천月牙泉: 중국 명사산鳴沙山에 있는 초승달 모양의 호수.

펌프

그쯤이었다
고철 가게 아저씨가 명함 한 장 주고 간 것은

펌프의 손잡이는 꼭 말의 잔등을 닮았다

젊은 한때
나침반과 컴퍼스, 그리고 지도 한 장 짊어지고는
어디쯤인가, 황홀한 오르가슴의 수맥은
불볕 사막 종횡하며
밤마다 좌표를 고쳐 찍던
뜨거운 몽정의 시절이 있었는데

박차는 언제나 수맥과 어긋나고

그리하여 지금
어느 별자리를 헤매고 있는가
붉은 쇠 비듬 뚝뚝 떨구며
어느 모래언덕을 넘고 있는가
잔등의 갈기는 비루먹었고
삭신 또한 낡고 녹슬었다

어쩔까
내일은 네거리 술청에 나가 앉아 늦도록 흥정이나 해볼까

아직은
새벽이슬 마중물 삼아
쿨럭쿨럭 파열음 몇 토막은 토해 내는

구안와사*

뜨고 감는 게 달라지니 모든 게 삐뚤다
언덕의 갈참나무가 삐뚤고
길가는 전신주가 삐뚤고
갈색 황모필이 삐뚤고
소녀의 젖가슴이 삐뚤고
한번 삐뚠 것은 바로 세우기 어렵다
익숙해지지 않으면 낙상하기 십상이다

입이 삐뚤어지니 모든 걸 흘린다
어린 패랭이꽃을 흘리고
오월 보리밭의 종달새를 흘리고
푸른 갈기의 말을 흘리고
소년의 신발을 흘리고
한번 흘린 것은 다시 주워 담기 어렵다
눈치껏 줍지 않으면 굶어 죽기 십상이다

내가 삐뚤고 흘리는 것인지
세상이 삐뚤고 흘리는 것인지
아니면 둘 다 삐뚤고 흘리는 것인지
마땅히 치료되어야 하지만

그럴 가능성은 없어 보인다

그래도 아직 나는 거울 앞을 떠나지 못하고 있다
일그러진 얼굴이 일그러진 세상을 응시하고 있다

* 구안와사: 한쪽 눈이 제대로 안 감기고 입이 비뚤어지는 안면 근육
  마비 증상.

통증

왼쪽 갈비뼈 일곱 대가 한꺼번에 부러졌다
달구경 한답시고 술김에 성루城樓에 올랐다가
그만 발을 헛디뎠다

중환자실은 눅눅했고 음울했다
불규칙한, 무거운 음색의 신음들이
뿌연 불빛 속을 낮게, 아주 낮게 떠돌았다
통증은 밤에도 잠들지 못했다

죽음은 멀리 있는 게 아니었다
아차, 하는 순간이 바로 죽음의 벼랑이었다
우리는 그 벼랑 끝에 일렬로 누워
악착같이 링거 줄에 매달려 있었다

오늘 아침에도 옆 벼랑에 가림막이 쳐졌다
짧은 기도와 찬송이 흑백 실루엣으로 어룽거렸다
마치 한 편의 그림자 연극처럼, 무표정한
한 죽음이 바로 내 옆을 지나가고 있었다

그때, 불현듯 오줌이 마려웠다

이내 기저귀를 적셨지만 내색하지 않았다
눈매 서글하고 콧매 오뚝한
손매 또한 짜릿하기 으뜸이던
그 간호원, 기다렸다

오, 살아있다는 것의 달콤한 통증이여

막서리* 장 씨

마침내 아내 곁으로 돌아갔다

외로운 사내였다 자식 하나 없이
오랜 세월 홀로 달력을 넘기던
홀아비였다 무일푼 맨몸으로
마을의 궂은일만 도맡아 하던
막서리였다 마땅히 부를 호칭이 없어
너나없이 그냥 장 씨라 불렀고
아이들마저 수월내기로 대하던
그래도 단 한 번 도리질을 안 하던
두루춘풍이었다 허구한 날
이 집 저 집 두름길로 돌아보고
하릴없이 빈 들판 건너도 보지만
시간은 너덜너덜, 늘 불콰하던
술꾼이었다 술만 취하면
뒷산 비알에 올라 행티 부리듯
차라리 땅벌 구멍에
거시기를 박고 견디는 게 낫겠다며
울먹울먹 봉분 허구리를 뒹굴던
그러다 등걸잠 들기 일쑤이던

못난이였다 그게 안쓰러워
몇 번인가 중매를 넣었지만
한사코 낡은 사진첩에 얼굴만 묻던
순정파였다 일편단심
숫보기였다

우리는 삼가 합장을 해주었다
정성껏 잔디 이불도 덮어주었다

그날 밤
먼 데 반달가슴곰 부부도
합방을 하는지
비로소 온달이 된 달빛이
새도록 흥건하였다

* 막서리: 남의 집에서 막일을 해주며 살아가는 사람.

냉동 물메기

처음엔 모두가 착각을 했다
파장 무렵 어물전 좌판 위
물메기 한 쌍인 줄로만 알았다

나중에야 알았다 그것이
빛바랜 검정 외투의 한 사내와
털 빠진 누렁 개 한 마리라는 것을
이 공원에서는 제법 익숙한
십년지기 노숙의 한 풍경이라는 것도

오늘도 대낮부터 시작했을 것이다
그 독한 겨울 햇살을 몇 잔이나 마셨는지
하마 노을빛 주기가 서산마루에 불콰하다

사내의 꿈속에 누렁이가 든 것일까
누렁이의 꿈속에 사내가 든 것일까
꿈속에서도 수작酬酌이 한창인 모양이다

지금쯤, 사내는 술잔 속을 자맥질해 들어가
청춘이 세워놓은 구름 정원에 닿을 것이다

지금쯤, 누렁이도 꼬리 흔들며
이름이 해피happy이던 시절의 뜨락에 들 것이다

꿈과 꿈이 마주 앉아 거나할 것이다
서로의 꿈을 건배사로 외칠 것이다
몇 년 만의 강추위를 끌어 덮으며
마지막 술잔까지 해피할 것이다

그렇게 꿈속에 들어가 잠든 그들을
새벽 청소부는 착각을 했다
누군가 버리고 간, 한 쌍의
냉동 물메기인 줄로만 알았다

가을

그러니까 나에게도 초록의 물감 출렁이던
싱그러운 청춘의 시대가 있었다는 얘기다

어쩌다 그 초록의 연적에 빠진 매미 한 마리
먹장이 다 닳도록 붓끝 적시던
뜨거운 사랑의 한때가 있었다는 얘기다

아니다,
그 사랑, 비바람에 흩날리다
문득 마주한
천 길 벼랑의 계절이 있었다는 얘기다

그리하여 지금
서랍 속의 편지들을 꺼내 볕에 바랜다
구겨지고 찢어진
상처도 바래지면 음표가 되는가
바람의 결에 올라 스스로 화음을 이루는

가을은 듣는 계절이다
낮은 달팽이관을 열고 다시금

스르르

물관을 따라 뿌리로 듣는

생生의 한 마디가 나이테로 스미는

울긋불긋, 비로소 내가 물드는

참, 얄미우십니다*

여기까지 왔는데 숨이 하나도 안 차십니까?
아직도 돼지갈비 통째로 뜯을 수 있으십니까?
마음껏 먹고 똥도 때맞춰 잘 쌀 수 있으십니까?
작은 글씨도 어렵지 않게 읽을 수 있으십니까?
거기에 당신의 의견도 조금 덧붙일 수 있으십니까?
빨간 사과 깨물며 하얀 윗니 드러낼 수 있으십니까?
혀끝에 감겨오는 흉터에 고개 끄덕일 수 있으십니까?
목 잘린 패랭이꽃에 눈물도 흘릴 수 있으십니까?
그 칼날에 맞서 분노도 할 수 있으십니까?
그리고 이건 은밀한 건데요
잠자리는 여전히 뜨겁고 황홀하십니까?

예, 아직은 뭐……

---

* 문재인 대통령이 북한을 방문하여 백두산 천지에 오를 때, 김정은 위
   원장이 "하나도 숨 차 안 하십니다"라고 말하자 문 대통령이 "예. 뭐,
   아직 이 정도는"이라고 대답함. 이에 옆에 있던 리설주 여사가 한 말
   을 변용함.

사랑니

양지 녘 도토리도 주울 만큼 주웠고
꾀꼬리 노래도 들을 만큼 들었고
민들레 쓴 즙도 맛볼 만큼 맛보았는데

저무는 고갯길, 그 깊숙한 굽이에
은밀히 매복해 있던!

단칼에 베어버리라 하는데
자칫 화원을 망가뜨릴 수도 있으니
아예 뿌리째 뽑아버리라 하는데

못 들은 척 뒤꼍으로 간다
간만에 찌릿, 뼛속까지 찔러오는
달콤한 이 통증, 장독대에 숨어 앉아
양귀비 짓찧어 이마에 붙인다

나, 조금만 더 아파하면 안 되겠니?

제3부

못의 뿌리

못의 뿌리에서 가지가 돋았다
이젠 용도가 없어졌다 하여
노루발장도리 냅다 들이댔던 것인데
그만 중동이 툭, 부러져
끝내 뽑지 못한 못의 뿌리에서였다
그 흔적마저 지우겠다고 아예
도배까지 새로 했던 것인데
그 벽지를 뚫고 가지가 돋았던 것이다
또다시 흑백사진
내다 거셨던 것이다

어머니, 언제쯤 이 뿌리 거두실 건가요?

입춘

마침내 꽃 여우 한 쌍이 왔다
빙하의 계절을 건너
반짝,
초록 눈심지를 틔워 올렸다

때가 된 것이다 서둘러
옹달샘 면경을 닦아놓고
귀밑머리 잔설을 털어낸다

화사하게, 그러나 조촐하게
신방을 꾸며야 하리
아지랑이 깃털은 금침으로 깔고
종달새 노래는 병풍으로 두르리

이빨의 까만 치석도 깎아내고
물오른 꼬리털도 곤추세운다 이제
온 산야가 후끈!
달아오를 것이다 걷잡을 수 없이

아무렴, 지레 흥겨운 산수유 주례가

하마 이만큼
황사초롱을 내다 걸고 있다

벚꽃 여우

여우의 꼬리는 족히 아홉은 되어 보였다
공중제비를 할 때마다 분홍빛 꼬리가 난분분 나부꼈다

꼬리가 서넛만 되어도 그 현묘함이 지극하다 했거늘
그게 아홉이나 되었으니 오죽하랴

그때부터였다
내가 여우에 홀렸다는 소문이 퍼지기 시작한 것은

나는 매일 도시락을 쌌고
꿈의 문도 활짝 열어놓았다

그런데 놀라운 일이었다 보름의 달빛을 타고
참말로 여우가 그 문 안으로 들어온 것이었다
때마침 침대 모서리에 앉아있던 나는
다짜고짜 그 이마에 점 하나를 탁, 찍었던 것인데
이 무슨 기막힌 기문둔갑술이던가
홀연 눈앞에 펼쳐지는 아리따운 여인의 춤사위라니!

나는 어서 빨리 여우의 꼬리를 잡아야 했다

회동그란 눈망울 연적이 마르기 전에

그러나 여우는 저만치서 흘끗,
신발 끈 고쳐 매고 쫓아가면 또 그만큼 하르르,

올해도 어김없이 봄바람 열차가 도착했다는 소식이다

붉은 눈 여우

속눈썹 파아란 새벽이 젖빛 안개의 강을 건너와 목련의 해사한 목덜미를 간질이던 꽃샘의 계절이 있었다
목련은 짐짓 청아한 이불 홑청을 이마 끝까지 끌어올렸다

깊고 어두운 토굴에서 오래도록 퇴고한 초록의 노래가 마침내 허물을 벗고 포로롱 버들 숲에 깃들던 우화羽化의 계절이 있었다
버드나무는 일찌감치 허리춤에 낭창낭창한 그늘 무대를 꾸며놓았다

하늘다람쥐 한 쌍이 한층 짙어진 갈색 줄무늬 혼례복을 맛깔스럽게 차려입고는 조촘조촘 갈참나무 예식장으로 들어서던 혼약의 계절이 있었다
꽃살문 닫아거는 암다람쥐의 아랫배가 하마 도톰했다

문 열면 지천으로 흩날리는 눈, 새하얀 함박눈, 이제 내 안에도 소복소복 쌓이리라, 꿈꾸던 연모의 계절이 있었다
밤마다 그 꿈결 딛고 오는 붉은 눈 여우를 기다려 귀는 늘

먼 데 골짝으로 열렸다

올해도 차마, 사립문 닫지 못했다

여우비

두 귀 쫑긋한 은빛 여우가 후드득,
빗방울 풍차를 이끌고 지나간 것은
그해,
거짓말처럼 햇볕이 따사롭던 봄날의 오후였다

나는 그때 강가에 나가
비로소 첫눈 뜨는 꽃잎을 세고 있었지만
미처 예기치 못하였으므로
풍차에 올라타는 데는 실패했다

예고 없이 왔다가 홀연히 번드쳐
무지개다리를 건너가 버린,
속절없이 흠뻑 젖게 해놓고는!

나는 지금도 그 젖은 꽃잎을
소중히 간직하고 있다
누가 엿볼세라 갈비뼈 깊숙이

그러고는 봄날만 되면
꺼내어 들고 강가로 나가는 것이다

그 봄날,

반짝 스쳐간 은빛 여우를 추억하며

여전히 고혹적인
―밀로의 비너스*

젊은 날이었어
당신의 절대적 고혹을 만난 것은
지중해의 푸른 물결 넘노는
팽팽한 수압의 젖가슴
그 봉긋한 꼭지에 눈길이 닿으면
그만 온몸이 후끈했지
잘록한 허리를 지나 조그만 더
조금만 더, 조급했지
서둘러 침대를 고치고
커튼 찢어 이부자리도 새로 만들고
마른 침 꼴깍, 침대머리에 앉았다가
먹물 제단에 붓 한 자루 올리고는
사나흘 밤낮 치성을 올리기도 했지
주체할 수 없는 혈기였어 기다림에 지친
늑대 한 마리 기어코 네 발굽을 쳤지
단숨에 뛰어올라 왼쪽 팔을 물어뜯고 아예
오른쪽 팔마저 물어뜯고
그러면 엉치뼈에 걸쳐있던 치맛자락
주르륵 흘러내릴 줄 알았던 거야
그리하여 그토록 열망하던 우담바라

활짝 꽃 문 열 줄 알았던 거야
철없는 객기였어 잔인한 만용이었어
감히 중력이 미칠 수 없는
아름다움의 궁극
그런 초절정의 블랙홀이 있다는 것을
몰랐던 거야 오래도록
회한과 자위로 이부자리는 얼룩졌고
세월은 속절없이 그네를 탔지
이제 나는 늙어버렸어 붓 끝은 갈라지고
먹물엔 노을이 깃들기 시작했어
그런데 어쩌자고 당신은
여전히 한결같은 자태인 거야
고혹적인, 처음 그대로의

* 1982년 에게해의 밀로스섬에서 발견된 비너스의 조각상.

구름

아침이 되자 이슬은
이내 하늘로 올라가 구름이 되었다
붙잡을 틈도 주지 않고

망연자실, 올려다보면
황홀한 향내가 뭉게뭉게 피어나기도 하였고
금빛 말 울음이 새털처럼 날아다니기도 하였다

그러나 유감스럽게도
내 겨드랑이에는 날개가 돋지 않았다

많은 구름이 비가 되어 모자를 적셨다
많은 구름이 눈이 되어 빙판을 만들었다
더 많은 구름이 덧없이 흩어졌다

내 일기장은 구름의 생성과 소멸에 관한 기록이다
젖고 찢어지고 마모된 글자들이
어지럽게 동심원을 그리며 나이테를 만들고 있다

오늘 밤에도 나는

불면으로 빚은 영롱 이슬 몇 점
풀잎 끝에 매달아 놓는다

몸져눕다

지금 매우 아픈 것이다
식은땀이 흐르고 열이 오르고
어젯밤에는 헛소리마저 하더란다
누군가에게 욕설도 퍼붓더란다

면역력이 약해진 것이다
예기치 못한 혹한에
미처 옷섶을 여미지 못한 것이다
설한풍을 견디지 못한 것이다

이마에 냉찜질을 하고
서랍 속에 넣어두었던 지필묵을 꺼낸다
정성껏 먹을 갈아 붓을 담근다
주문도 새로 짓고 부적도 덧그릴 것이다

두문불출할 것이다
늘 그렇듯 처방전이 서투르니
조급히 굴지 마라
우편함 기웃거리지 마라

조만간 자리를 털고 일어날 것이다

그때 우리 술 한잔하자

내 조촐한 시詩 한 편 안주로 내놓을 터이니

나 그대에게 모두 드리리

노래 한 곡조로 사랑의 진수를 전수하겠노라며
노래 사부를 자처한 후배 노 장학사에게
이장희의 「나 그대에게 모두 드리리」를 배우기로 했다

이윽고 전주가 시작되고, 이쯤이다 싶어
'나 그대에게 드릴 게 있'노라고
딴은 용기 내어 대뜸 고백을 하는데, 그만 땡!
사랑이란 본시 못갖춘마디로 시작하는 것이거늘
왜 그리 서두느냐고, 두 박자 쉬었다 가라고
'터질 것 같은 이내 사랑'이라도
'오늘 밤 문득' 디밀지 말라고
밀반죽처럼 뜸을 들이라고

아, 그랬었구나, 멋쩍게 고개를 끄덕이고는
이번 소절만큼은 틀리지 않으리라, 하나 둘
두 박자 심호흡을 한 다음
'그댈 위해서라면 나는 못할 게 없'노라고
제법 울대에 힘을 주었던 것인데, 웬걸!
이번에도 땡! 땡! 아무리 못갖춘마디로 시작했다 하더라도
뜸 들면 갖춘마디가 되어 절정에 이르러야 하거늘

왜 그리 머뭇거리느냐고, 때를 놓치느냐고
지체 없이 부풀어 올라 저 하늘의
'별을 따다가 그대 두 손에 가득 드리'겠노라고
허풍선 흔들며 엉너리라도 치라고

그리고 또 하나 명심해야 할 것은
이 세상 어떤 사랑도 갖춘마디로 영원하지 않으니
절정이다 싶으면 그만 내려올 준비를 하라고
어차피 사랑이란 못갖춘마디로 끝나는 것이라고

어렵다, 어디까지가 못갖춘마디고 어디부터가
갖춘마디란 말인가, 그리고 또다시 못갖춘마디라니……
이리저리 가늠해 보지만 연속해서 땡! 땡! 땡!

멀리 있는 그대여, 언제쯤
나 그대에게 모두 드리리

봄, 수작酬酌

바람이 햇살의 손목을 잡아 끈 것일까
햇살이 바람의 겨드랑이를 간질인 것일까
함께 어우러져 아롱아롱
산모롱이께로 돌아드는 자태라니!
그걸 은연히 엿보던 산수유
그만 눈초리 촉촉해져
에라 모르겠다, 노란 꽃촉 새침이 내미니
기다렸다는 듯 만화萬花가 방창方暢인데
반가워라, 벌 나비들 한바탕 둘레춤을 추고는
거리낌 없이 꽃 문 들어 한참은 엎치락뒤치락
향내는 숲속 가득 번지고
덩달아 물오른 곤줄박이 휘파람새도
잎갈나무 굴참나무 오르락내리락
제 노래로 빚은 연초록 초롱을 가지 끝마다 걸어놓고는
숨소리 깊었다가 얕았다가
멀리서 모르쇠 놓던 강물도 더는 못 참겠다는 듯
앞뒤로 몸을 번드쳐 얼음 비늘 털어내고는
첫날밤 신부인 양 다소곳이 들판에 누우면
논두렁은 우쭐우쭐 산 능선은 굽이굽이
온몸을 배배 꼬며 하구로 흘러가는 것인데

누구의 조화가 이리도 무궁한 것일까
삼라만상이 태고의 체위로 수작이 한창이다
우주 가득 감창소리 농염하다
숨 가쁘게,
숨 가쁘게 만물이 만물을 잉태하고 있다

생선 요리를 하며 문장론을 강講하다

생선 한 마리를 도마 위에 올려놓는다
방금 숫돌에 간 부엌칼을 집어 들고는
어떻게 요리를 할까
대가리부터 꼬리까지 완벽한
있어야 할 골격을 모두 갖추고 있는

문장의 필수 성분을 주성분이라 한단다 주어 목적어 서
술어 보어가 이에 속하지 생선으로 비유하자면 대가리 몸통
꼬리가 함께 있다는 얘기야
보어는? 글쎄다 좀 더 생각해 보자

탁, 대가리를 찍어내고
탁탁탁, 꼬리와 지느러미를 잘라내고
무도 큼지막하게 깍둑 썰어놓고
양념장도 얼큰하게 버무려놓고
요리에도 순서가 있는 법이란다

문장의 앞부분엔 주어가, 뒷부분엔 서술어가, 그 가운데
엔 목적어가 오는 것이 원칙이지 가끔 도치되는 경우는 있
지만 부당하게 생략된다면……

말하려다 말고 슬그머니

방금 잘라낸 생선의 대가리와 꼬리를 딸아이 몰래 비닐
봉지에 넣는다

살다 보면 대가리와 꼬리는 버리는 것이 낫단다, 라고는
차마 말하지 못하는데

딸아이는 한참 갸우뚱거리다 다시금 보어에 물음표를 찍
는다

보어란, 되다/아니다 앞에 오는 문장 성분으로 무엇은
무엇이 되다, 라는 소망을 드러내거나 무엇은 무엇이 아니
다, 라는 부정을 의미할 때 사용한단다 그런데 이 생선에
는 비유할 만한 마땅한 부위가 없구나 이미 퇴화해 버렸나?

이제는 목적만 남은 내 삶의 토막이

냄비 속에서 자글자글 끓고 있다

화려한 부속성분 속에 숨어서는

버드나무가 있는 마을의 풍경 1

비록 늙었지만 왼 어깨만은 정정히 굽이쳐 해마다 오월이면 멋들어진 쌍줄 그네 휘영청 매달리곤 하였는데, 어느 해던가, 어린 파랑새들 재잘재잘 솟구치다 마지막 구름판 박차고 훌쩍 날아가 버린 후, 먼산바라기로 시름시름 관절통을 앓더니만 그마저도 폭삭 삭아 내리고 말았다

유난히도 폭설이 잦던 지난해 겨울이었다

봄 한철 솜털 뽀송한 간지럼 입에 물고 겨드랑이 맴돌아가던 버들개지, 때 이른 저기압 전선에 감전되었는지 부르르 뛰쳐나가 청보리밭 온통 휘젓고 다니더니만 아뿔싸, 자신의 모가지 간질인다며 세상의 모가지에 붉은 칼 냅다 꽂고는 육모방망이에 쫓기고 있다는 소문이 벌써 이태를 넘는다

그때 생긴 원형탈모증은 지금도 진행 중이다

대처로 나가 제법 콧수염깨나 기른 말매미 몇 마리가 검은 망사 머플러를 맵시 있게 날리며 돌아온 여름날이 있었다 돌아오던 절로 의기양양 가슴팍 파고들어 맴맴, 뜨거운 노래 몇 소절 불러댔지만 한번 메마른 물관에선 더 이상 물기가 오르지 않았다

하마 폐경기인가?

오늘도 늙은 염소 몇 마리 그늘에 앉아 되새김질이 한창이다
아직은 마을의 수호신이 아니겠느냐, 서로의 뿔을 부비면서

버드나무가 있는 마을의 풍경 2

버드나무는 아주 오랜 옛날부터 마을의 수살목이었다
예나 지금이나 범접 못할 신성한 위엄의 존재였다

왕조시대는 사슴과 함께했다
탐관오리의 토색질이 백성들의 삶을
도탄에 빠트릴 무렵이었다 참다못한 사슴이
꽃무늬 외투를 벗어 던지고 양 뿔을 벼려
민란에 뛰어들었다 차마 말리지 못했다
사슴은 끝내 돌아오지 못했고
꽃무늬 외투에선 해마다 하얀 꽃씨가 날렸다

식민의 시대도 있었다
황조롱이를 앉히지도, 피리를 만들어
불지도 못하게 했다 막판에는
종자 개량의 협박도 있었지만
버텼다 주리가 틀리고 혹독한 불 인두가
살을 파고들었다 다시는 맛보고 싶지 않은
혹독한 세월이었다 역사였다

한때, 무사들이 횡행하기도 했다

일사불란한 대오를 강요당하던
총칼의 시대였다 너무 커서도 작아서도
안 되었다 북풍에 살아남으려면
그게 최선이라는 것이었다 저항은 불허되었다
북쪽 가지가 뒤틀어진 것은
바로 그로 인한 후유증이다

그리하여 지금, 묻는다
국태민안의 시대는 왔는가? 묻고
또 묻는다 지금은 무슨 시대인가?
먼 데를 바라보는 하얀 우듬지가
조금 흔들린다 밑동에서
웅웅 소리가 난다 또다시
무슨 조짐이 있다는 겐지

사실, 마을은 한 번도 평화의 시대를 맞이한 적이 없었다
그게 바로 버드나무가 수살목이 된 이유였다

버드나무의 고백

연어들의 비늘 속엔 버들피리가 숨겨져 있지
갓 부화한 어린 새끼들이 재재거리며 바다로 나갈 때
내가 손수 속눈썹 뽑아 만들어준 거야
이를테면 짜운 바닷물에 잘 견디라는 삼투막인 셈이지

당신, 그 피리 소리를 들어본 적이 있나?
철썩철썩 턱까지 밀물 치밀어 오는 사리거나
희뿌연 상어의 입김이 섬들을 에워싸는 조금이면
바다 밑 긁으며 나지막이 들려오던 그 소리 말이야

그 소리가 들려오는 날이면 나도 불면으로 짠
솜털 뽀송뽀송한 노래를 봄바람에 날려 주곤 하지
가끔 바다의 물결이 은빛으로 반짝일 때가 있거든
그건 그들이 내 노래로 눈빛을 닦고 있다는 증거야

눈빛은 닦고 닦으면 마침내 투명해지지
그러면 연어들은 소금 묻은 옷들 죄다 벗어 던지고
붉은 알몸 쌍쌍이 내 치마폭으로 돌아오곤 했어
그 짜릿함이란, 피리 소리 많이 들릴수록 더욱 고와지는

그런데 요즘은 이상하게도 거의 들리지 않는 거야

하마 저 짜운 세상에 길들여진 것인지, 아니면 다른 샛
강으로 샌 것인지

이 미끈하게 쏟아지는 치마폭을 뛰어오르는 놈들이 하
나도 없어

속눈썹만 마냥 길어져 이젠 저 바다도 잘 보이지 않아

나는 하수다

싸락눈 쌀랑대는 정초의 아침에
신춘문예 당선 시를 읽는다
읽고 또 읽는다
눈으로도 읽고 입으로도 읽고
앉아서도 읽고 누워서도 읽는다
그러나 어렵다 한 행을 건너다
삐끗하고 한 연을 건너다
갸우뚱하고 하마 한 식경을 넘는다
30년 이상 시를 가르치고
30년 이상 시를 써왔는데도
나는 참 하수다

약력을 보면 한참은 어린 나이인데
대단하다 어찌 그런 나이에
이토록 심오한 삶의 고민을 만날 수 있단 말인가
또한 어떤 연금술이기에
이토록 난해한 언어를 자유자재할 수 있단 말인가
더더욱 놀라웁다 그 많고 많은 시들 중에
단연 돋보인다며 딱, 한 편 뽑아 든
심사 위원들, 그 예리한 안목과

격조 높은 심사평
그저 찬탄을 금치 못하겠다
가히 시림詩林의 고수들이라 할 만하다

나도 올핼랑은 그들에게 시 한 편 얻어
책상 위에 척, 붙여 놓고
심기일전 용맹정진이나 해보아야겠다

아, 그런데 어쩐다?
내 시 또한 그대들이 이해하지 못한다면?

꾸구리* 눈썹

물을 퍼내는 일은 어렵지 않았다
굽이치다 덜컥, 봄 가뭄에 발이 묶여 버린
촛불바위 밑 웅덩이는 곧바로 바닥을 드러냈다

눈치챘어야 했다
제아무리 자갈밭에 납작납작 엎드려 살았다 할지라도
가끔은 물 밖 송홧가루의 흐름을 살폈어야 했다

그늘 깊숙한 곳에 양은 솥단지를 걸었다
갖은양념에 고추장도 넉넉히 준비했다
천렵川獵의 완성을 위해서는 녀석이 필요했다

우리는 집요했다
돌 틈을 파고들면 그 돌들을 들어냈고
후다닥, 더 깊은 곳으로 숨어들면
아예 날카로운 꼬챙이로 쑤셨다

거울을 본다
등지느러미에 흉터가 있는 나의 오른쪽 눈썹

꼭,

그때의 꾸구리를 닮았다

* 꾸구리: 물 흐름이 느린 돌 밑이나 모래 바닥에 숨어 사는 민물고기.

제4부

벽화

숲속의 나무들은
오늘도 변함이 없다 처음의
그 푸르고 싱그러운 자태를
조금도 흐트리지 않는다
나무와 나무 사이를 잇고 있는
눈 맑은 바람, 숲을 이루어
뭇 생명을 부른다 다람쥐를 부르고
도라지꽃을 부르고 아, 거기에
새도 불렀던가 우듬지 끝
파랑새 한 마리
하늘 향해 두 눈빛 골똘하다 여전히
물은 골골을 돌아 하얀 윗니를 드러내고
이만큼 아래쪽에선 물레방아가
초록의 햇살을 돌리고 있다

언제부터였던가 사람들이
저 숲속에서 사라진 것은

이리의 전언

나는 이미 그대의 몸속에 들어있다
기회 있을 때마다 그대는 손을 내젓지만
나는 결코 사라지지 않는 바이러스다
굽잇길마다 소금 땀을 한 짐씩 부려놓을 때도
물이랑마다 눈썹 때를 한 움큼씩 씻어낼 때도
사실 나는 거기 어드메쯤서 이빨을 갈고 있다
방심하지 마라, 지금은 비록 숨겨 있지만
조금이라도 이 고삐가 느슨할라치면
나는 곧장 으르렁거리며 뛰쳐나갈 것이다
그녀의 순결한 치맛자락을 찢어버릴 수도
거리의 의젓한 신호등을 넘어뜨릴 수도
끝내는 그대의 목줄마저 물어뜯을 수도
있느니, 부인하지 마라
그대는 이미 나와 한통속이니
영원히 함께할 평생의 동지이니

새끼를 꼬면서

이제 손바닥을 마주해 볼까요
밀고 당기며 돌아볼까요
빙글빙글 춤을 춰볼까요
몸과 몸을 맞대고 비벼볼까요
그렇게 꼬이고 꼬여 볼까요

엇방향은 안 돼요
얽히면 끊어지기 십상이니까요
스크루처럼 오직
한 방향으로만 돌아야 해요
거스러미는 모두 밀어내요
이왕이면 깔끔하게 꼬여야 해요
손바닥 메마르면
서로의 침 촉촉하게 나누어요

사랑은 서로 꼬이는 거예요
꼬이면서 단단해지고
새끼를 낳고, 그렇게
생生의 한 타래를 이루는 거예요

얼룩말

왜 우리는 오늘도 꿈꾸나
야생동물의 천국이라 일컫는
탄자니아의 세렝게티 국립공원
사바나의 눈부신 초원을 질주하는
경쾌하고도 장엄한 말발굽 소리
듣고 싶어 하나
검은색과 흰색이 뿜어내는
절묘한 경계의 화음
첫 소절부터 끝 소절까지
늘 함께 굽이치면서도
서로의 음역을 침범하지 않는
다툼이 없는, 그리하여
서로가 서로에게 선명한
무늬의 어울림
보고 싶어 하나
왜 우리는 오늘도 으르렁거리나
물들지 않으려면 물러나라고
핏대를 세우나
얼룩말이 되지 못하나

화이트 스콜*

하얀 폭풍우였다
수천수만의 물고기 떼가
지천으로 솟구쳐
한참은 아뜩하였다
돛 줄을 당길 수도
방향키를 돌릴 수도
없었다 속수무책이었다
그냥 온몸을 내맡겼다
피하지 않았다 마치
기다리고나 있었던 것처럼
사방에서 번뜩이는
날카로운 섬광, 그 하얀
삼지창에 찔렸다 아낌없이
푸른 선혈이
깨진 갑판을 적셨다
아,
이 달콤한 비린내라니!

너는 그렇게 내게로 왔다
그리고 갔다

* 화이트 스콜: 무운無雲의 급진성 폭풍우.

동백
—치술원사鵄述怨辭* 1

고구려에 들었다 또다시 왜(倭)에 들었단 말씀이오
야속하오 허위허위 길을 달려 고개는 치술고개

진초록 목숨에 처음으로 꽃 피운
이 검붉은 사랑을
어이하리 한 송이 꺾어나 주고 가지

나라를 위한다는 말 나라님을 위한다는 말
부질없소 그대 아님 건널 양반 바이 없나요
계림에 태어난 것이 정녕 죄는 아닐 터, 어쩌자고
나라가 우리 사랑 허문단 말씀이오

손가락질하지 마소 속 좁은 아녀자라
떠나는 그대나 보내는 나라나
내 어찌 눈매 곱겠소

바다는 멀어 그대 이제 흔적 없는데
어이하리 나 홀로 이리 붉어

* 신라 눌지왕 때, 왕의 아우 보해와 미해가 고구려와 왜에 볼모로 붙잡혀 간 것을 왕이 슬퍼하자, '박제상'은 고구려로 가서 보해를 구해 온 다음, 집에도 들르지 않고 다시 왜로 건너가 미해를 탈출시키는 데까지는 성공했지만, 스스로는 붙잡혀 신라의 신하임을 고집하다 화형을 당함. 이때 그의 아내는 치술령에 올라 남편을 기다리다 그 대로 망부석望夫石이 되었다고 함.

돌이 되려 하는데
—치술원사 2

오오, 이제 나는 돌이 되려 하는데
꽃잎 진 자리부터 소금물이 아려
바야흐로 돌이 되려 하는데, 그대여

상기도 실낱같은 목숨 한 가닥 남아 있거들랑
불 인두 마다 않는 그 매서움의 언저리에서거나
날 선 갈대 밑동 밟아가는 그 의연함의 끝자락에서거나
이승의 마지막 빛 그 어디쯤이라도 좋으니
내게는 하늘보다 더 귀한 한 말씀 들려주오

보고 지고, 보고 지고
두고 온 동백 한 그루여

아니, 이미 죽어 혼백만이라도 저 수평선 넘어나 오거들랑
갈매기 앞세워 자랑으로, 자랑으로 서라벌 궐내 들지나 말고
왜국의 부귀영화보다 낫다던 계림의 개돼지 울로 들지나 말고
한 줌 그대의 혼백만이라도 좋으니
그대에겐 나라보다 귀한 여기에 먼저나 들러주오

누굴 위해 꽃 피운 동백이러뇨

116

보고 지고, 보고 지고

그대여, 하마 노을은 지려 하는데
꽃잎 진 자리부터 어둠은 내려
바야흐로 차디찬 돌이 되려 하는데
오오, 그대여

아직은 돌
—치술원사 3

이젠 돌이라요

불현듯 생각난 듯 뒤늦게 달려온 그대
그대를 위한 위령이던가, 임금을 위한 잔치던가
거기께 먼저 들러 더덩실더덩실 춤추시더니
몇 잔 젯술에 흥건히 젖어 드시더니
이제사 달려와 뭘 어쩌란다요

이미 난 돌이라요
어떤 벼락이 떨어져도 꿈쩍도 않는

한때는 그러했다지요 진초록 목숨에 꽃 피운
검붉은 사랑 하나, 오라지게 고왔다지요
어찌나 고왔던지 하늘님이 다 눈을 흘겼다지요
그래서 시방은, 그 꽃잎 떨군 지
한참은 세월 저쪽의 일이 되어버렸다지요

또다시 꽃 피우기 싫네요
죽음을 넘어서는 그 기다림 너무 아려서

혹은 모르지요 그렇게 억만 년을
무릎 꿇어 내 발밑 어루만져 주신다면
아니, 예서 겨울 한철 온전히 지날 때까지만이라도
그대의 뜨거운 입맞춤, 벼락보다 더 무섭게 퍼부어만 주
신다면

그러나
아직은 아니라요

공어

올겨울에는 거기
산정호수에 가봐야겠다
꽁꽁 얼어붙은 얼음판에 좌정하여
꼭 한 뼘만 한 구멍 법석을 뚫어놓고
비로소 은둔의 만행에서 돌아와
탁발 보시를 행한다는
공어 스님을 모셔봐야겠다
그간의 만행 수행이 얼마나 치열했는지
맑고 통랑하기가 이루 형언할 수 없어
뼈와 내장까지도 훤히 들여다보인다는데
그래서 빙어라는 속명보다는
공어라는 법명이 더 어울린다는데
올겨울만큼은 꼭,
그 높은 법문을 청해 봐야겠다
무성하게 헝클어진 머리칼은
어떻게 빗질을 하며 옆구리 터진
밥솥은 어떻게 땜질을 하는지
삼가 귀 기울여 합장도 해봐야겠다
또한
공양과 미끼를 구별치 못해

뭇 낚시꾼들의 표적이 되었음에도
탁발 보시는 왜 나서는 것인지
생사를 넘나드는 경지가
정녕 그것뿐인지
눈도 한번 슬쩍, 흘겨봐야겠다

백일몽

광장은 사람들로 북적였다
나는 다짜고짜 아랫도리를 까 내리고
오줌을 갈기기 시작했다 우람한 성기를 흔들며
세상을 향해 보란 듯이 포효했다
지나던 사람들이 비명을 질렀지만
개의치 않았다 광장은 이미
오줌발에 초토화되고 있었다

오줌발은 그 어떤 경배의
몸짓보다 위대했다 긴 수염 동상이
고꾸라졌다 단숨에
그 좌대에 뛰어올라 면류관을 썼다
잠시 소란스러웠지만, 그걸 구실로
장검마저 빼 들었다
천하가 발밑에 있었다

도승지는 전하라 지체 없이
모든 백성에게 고삐를 하사하여
목걸이를 대신토록 할 것이며, 이를 간한
좌의정은 절해고도로 유배하여

짐의 위엄을 사해四海에 고하도록, 그리고
북촌의 그 처자는 분단장시켜 은밀히
오늘 밤 짐의 침소에 들도록, 뭐라?
중전이 오고 있다고?

이마에 불이 번쩍, 나는 재빨리
옷매무새를 바로 하고
주위를 살폈다 공 하나가
저만치 굴러가고 있었다

아직도 환한 대낮이었다

계란프라이

프라이팬에 기름을 두르고
계란프라이를 해요
계란프라이가 있는 식탁은
생각만 해도 행복해요
봉긋한 노른자는 더디 익어요
뒤집을까 망설이다 몇 번 두드리니
홀연 노란 병아리 떼가 종종종
오, 앙증맞기도 해라
유치원 적 가방도 노란색이어요
삐약삐약 노란 음표가 동동 떠다녀요
위험할세라, 울타리 둘러치면
음표는 검붉은 관복으로 변하고
벼슬로 볏을 얻어요 덕분에
끼니때마다 먹이가 땅에 떨어져요
그걸 한 톨이라도 더 쪼기 위해
부리와 발톱은 갈수록 날카로워지고
볏에 맺히는 피만큼이나 외로움은 살쪄요
그래서 두 눈 총총 사랑도 꿈꾸지만
그건 오래전부터 울타리 바깥의 일
퍼덕거려도 이젠 날아갈 수가 없어요

알을 낳아요 시치미 떼고
삼칠일 내내 품어도 보아요
그런데 이게 무슨 냄새죠?
이런! 계란이 다 타버리고 말았군요
오늘도 행복한 부화는 영 글렀네요

뒷동산

내 무슨 조상의 음덕으로
몸맵시 날렵한 풍광이 있어
허우대 훤칠한 폭포 한 자락 걸치겠나
천하의 시인 묵객 불러들이겠나
더불어 달빛 선율에 앉아
이슥토록 술대와 술잔을 희롱하겠나
아무려나, 그저 있는 듯 없는 듯
그대들 등 뒤에 나지막이 엎드려
문지방 넘나드는 이야기나
굽이굽이 엮어 등마루에 바랬다가
이 집 저 집 입춘첩으로 붙여 주고는
부디 무사 평안하시라, 저만치
고갯마루에 장승 한 쌍 세우면 되었지
무얼 더 바라겠나, 그리하여
먼 길 떠나는 그대들의
든든한 뒷배가 되어주기도 하고
지쳐 돌아오는 그대들의
따뜻한 베개라도 되어준다면
그만한 호사가 따로 없거늘
내 무슨 신령의 조화로

사시장철 보랏빛 이내 신비로운
암자 한 채 앉히겠나
맑고 그윽한 바람 목탁 두드려
울울창창 금강송을 염하겠나
그 소리 강 건너 마을에 닿겠나

묵나물

겨울도 다 지난 해토머리에
고령사 일주문 앞
묵은 밤나무 등걸에 앉아
검버섯 할머니
묵나물 좌판을 벌이고 있다

묵나물이라야 고작
서너 모둠이 전부
색깔이며 모양도 고놈이 고놈이다

무슨 나물이냐, 물었더니
한 모둠 한 모둠 쓰다듬으며
취나물 곤드레 고사리 등속이란다

뭐든지 오래 묵으면 얼추 비슷해진단다
맛 또한 그렇게 깊어진단다
달포 전에 묵은 영감 먼저 보내고
이젠 이게 마지막이란다

일주문 들어서다 흘끗 뒤돌아보니

그냥 거기, 묵나물 한 모둠
노을 끝자락에 초연하다

문상

그는 평생 벼랑에 붙어살았다
가끔은 벼랑과 벼랑 사이를 건너뛰기도 했다
높은 곳으로, 더 높은 곳으로
깨진 손발톱에선 언제나 피가 흘렀다

그는 한사코 오르려 했다
그만큼의 높이마다 젖과 꿀의 때깔이 달랐다
추락의 경고는 애써 듣지 않았다

그것이 결국,
그가 검은 띠 고깔을 쓰게 된 이유였다
마치 우주선의 대가리 같다

스스로 카운트다운을 외쳤다
이젠, 더 이상의 추락이 없는
아득한 우주, 그 너머로 날아갈 수 있겠다며
해맑게 웃었다

그래, 잘 가라
삼가 두 번 절하고 나오는데

뒷덜미가 뜨끔하다

웬일인가, 흘긋 돌아보니
이런 조홧속이 있나, 거기
검은 띠 고깔을 쓴 사내가
다름 아닌 내가 아닌가!

소라

소라 속에는 바람의 눈이 있다
그 눈 마주하기 위해서는
둥근 하늘 몇 바퀴 돌아야 한다
갈수록 낮고 좁아져
함부로 고개 들면 안 된다
은밀해야 한다 그러면 거기
소용돌이의 꼭짓점
네가 있다
네가 없었더라면
오지 않았을 폭풍우였다
그해 여름, 너를 가운데 두고
휘몰아치던 천둥과 번개
송두리째 들이박고 엎어지고 솟구치고
천지간이 그저 아뜩했던 것인데
뭐라 해야 하나
문득 찾아온 그 고요의 새벽을
새하얀 밀물 자리에
소라 한 마리 울고 있었다
지금도 책상머리에 앉아서는

아직은 꽃

꽃철, 지나갔다
하마 입동이 내일모레다

요염함도 화사함도
한때일 뿐

뽑거나 베어버리는데

담장 구석진 곳
철 늦은 장미 한 송이

그냥 놔두기로 한다

그날 저녁, 뒷방에 들어
몰래 염색을 한다

'덜컥'과 '울컥' 사이의 시간 여행자

김정숙(문학평론가)

영화 「일 포스티노」의 평범한 청년 마리오는 작은 섬의 우편배달부 일을 시작하면서 시인 네루다를 만나게 된다. 시인을 향하던 그의 호기심은 점차 시로 옮아간다. 예민하고 순수한 그에게 시는 세상을 듣고 느끼고 자각하게 하는 다리로 변해 간다. 시적 감수성의 정점은 마리오가 영혼의 눈빛으로 한 여인을 응시하는 장면에서다. 그가 아름다운 해변의 섬 전체를 '베아트리체 루소'라고 나직하게 말할 때 영화는 한 인간이 변화되며 맞는 생의 환희를 그려낸 한 편의 시가 된다. 장문석 시인의 시집 『내 사랑 도미니카』를 읽은 후 처음 떠오른 느낌이었다. 영화 속 베아트리체와 시집 속

도미니카의 시적 은유가 서로를 바라보듯 다가왔다.

특별한 순간은 모르는 사이 '덜컥' 찾아온다. 삶에서 덜컥하는 순간이 크게 왔다는 것은 이전과는 다른 무엇이 나의 머리와 심장을 세게 두드렸다는 신호이다. 시인 장문석에게 그것은 '예순'이라는 시간이다. 다수의 시편에는 예순에 대한 감각과 심정이 직간접적으로 담겨 있다. 시집의 첫 시 「예순이 왔다」에서 '왔다'는 회피하거나 거부할 수 없는 어떤 불가항력적인 언표인 것이다.

이전엔 늘 잠이 모자랐다
학교 늦을라, 흔들어 깨우는
엄마가 미웠다 군용 모포 끌어당기는
기상나팔도 출근 재촉하는
알람도 싫었다 더 자고 싶었다
아예 깨고 싶지 않은 꽃잠도 있었다
꿈이 많던 시절이었다

그러던 어느 날부터인가
새벽잠이 사라지기 시작했다
꽃잎도 사금파리도 아스라한 별똥별인데
속절없이 깨어나 은하의 기슭
뒤척이는 날이 많아졌다 어쩌다 도는
꿈 한 촉도 오래 정박하지 못했다

꿈의 잔해가 부스럭거렸다

굽 낮은 튜바의 음색이었다

—「예순이 왔다」 전문

시적 화자는 어느 날부터인가 뒤척이는 날이 많아지고 꿈의 잔해가 부스럭거리며 "굽 낮은 튜바의 음색"으로 다가온 "예순"의 시간을 감지한다. 이 시간은 고즈넉한 노을빛처럼 "저 멀리로 사라지고 있거나/ 이미 사라져버린 신발과/ 거기에 음각된 흉터"(「기차 여행」)를 지나온 삶의 흔적을 품고 있다. 한때는 "비분강개의 푸른 발톱"(「개와 늑대의 목로」)을 날카롭게 갈아세웠던 개와 늑대처럼 목로에서 삿대질로 마지막 건배사를 하던 치기의 시절이 있었다. 무엇보다도 마음먹은 대로 되지 않는 몸의 변화에서 물리적 시간은 가장 크게 와닿았을 것이다. 봄의 활기처럼 육체적 욕망과 치기가 충만했던 젊은 시절에 대한 형상화는 현재 그리고 앞으로 경험해야 할 미래의 시간에 대한 반응이다. 시 「명량」은 임진왜란 당시 명량해전에 앞서 이순신 장군이 올린 장계를 소환해 예순에 대한 두려움을 형상화한다. 시인에게 "예순의 해협"은 거칠고 빠른 숭어 떼의 "외침"이며, 검푸른 어혈 돌아 나오는 "울음의 소용돌이"로 다가온다. 시인은 지금 "예상치 못한 것은 아니었지만" "더 이상 물러설 곳이 없"는 "외통수"에 직면한 듯 신열을 앓고 있다.

"젖고 찢어지고 마모된 글자들이/ 어지럽게 동심원을 그리며 나이테를 만들"어온 "내 일기장은 구름의 생성과 소멸에 관한 기록이다"(「구름」). 시편들을 통해 시인의 모습을 좀더 재구성해 보기로 한다. 상가에서 뒤바뀌어 신고 온 다른이의 구두를 보고 나처럼 "세상을 삐딱하게 걸어온 사람"(「늦가을 오후」)이라 생각하고, "언제나처럼 호기롭게 문향검文香劍 두드려 술을 청하고는 스스럼없이 술잔을 권하는 모습"으로 "육십 평생 단 한 번의 무술 대회에도 참가하지 않아 그 이름이 널리 알려져 있지는 않았지만/ 칼깨나 쓰는 사람들에게는 알음알음 추앙을 받던 진정한 강호의 고수가 바로 자신"(「비파객잔」)임을 빗대어 표현한다. "철없는 객기"와 "잔인한 만용"을 부리던 젊은 날도 있었고, 검법으로 무장한 무협지의 무사처럼 허세를 부리기도 했으며, '시의 향연'에 이르지는 못했으나 버리지도 못한 시인이다.

버드나무 마을에 대한 추억과 나이 든 남자로서의 쓸쓸함과 활기 있고 싶은 여망은 솔직하고 진솔하다. 시적 화자는 "달구경 한답시고 술김에 성루城樓에 올랐다가/ 그만 발을 헛디뎌"(「통증」) 왼쪽 갈비뼈 일곱 대가 한꺼번에 부러져 죽음의 문턱을 넘나들 정도로 때때로 엉뚱하며, 후배 장학사에게 대중가요 「나 그대에게 모두 드리리」를 배우는 장면에서는 웃음을 자아낸다. 딸과 기차를 타며 이야기를 나누는 자상함이 있고, 뿌리에 흐르는 물과 지는 꽃과 꽃 진 자리의 진물을 살피는 섬세함 또한 지니고 있다. 이렇게 복잡하고

다채로운 시적 화자의 감정과 상황을 알 수 있는 것은 그가
대면하고 있는 것들에 충실했기 때문일 것이다.

나는 당신을 사랑한다
지그시 눈을 감고
도미니카,
당신의 이름을 혀끝에 부르면
천지는 온통
갈색의 향내로 일렁인다

한 모금이 곧 궁극이다
한 줄의 시가 곧 궁극의 우주이다
그리하여 나는
도미니카, 당신에게로 간다
카리브해의 따사로운 별의 제단에
간밤 뒤척이던 문자를 바친다
한 모금의 우주를 위하여
알알이 붉은 보석으로 익어가기를

당신을 향한 나의 기도는 이미
치명적인 중독이다
지금도 그렇고

이 생生의 끝 또한 그러할 것이니

도미니카, 이제 내 안에

당신의 공화국을 세우기로 한다

시인이 종신 대통령인

—「내 사랑 도미니카 2」 부분

"나"는 카리브해에 위치한 도미니카공화국을 여행하고 있다. 그곳에서 운명처럼 "당신"과 조우한다. 내가 사랑하는 당신은 커피보다 더욱 쌉싸름하고 달콤하다. "가늠할 수 없는 심연의 꼭짓점"과 "고요한 묵도의 깊이"(「내 사랑 도미니카 1」)를 간직하고 있는 도미니카는 실제의 장소인 동시에 시인이 꿈꾸는 장소이다. 신비한 블루홀은 죽음의 위험을 무릅쓰고라도 가닿고 싶은 대상이다. 그곳은 한 줄의 시가 궁극의 우주가 되는 곳이며, 기도를 통해 붉은 보석으로 빛나고 갈색의 향내가 일렁이는 곳이다. 고대 철학자이자 통치자였던 플라톤이 시인을 추방함으로써 이데아의 공화국을 세우고자 욕망했던 그 지점에 "나"는 시인이 종신 대통령인 '시의 공화국'을 꿈꾼다. 꿈꾸기를 지속하는 의지와 신념을 품으며 시인은 '울컥'했을 것이다. 시인의 유토피아가 어디에도 없다 한들 이 지극하고 간절한 기도가 있다면 그것으로 충분하지 않겠는가.

여행은 다른 시공간을 살게 한다는 점에서 변화를 이끄

는 주요한 계기이다. 시집 속 여행은 두 갈래의 길로 향하고 있다. 나는 누구인가를 묻는 '인간의 정체성'을 찾아가는 길이 하나이고, 다른 하나는 시란 무엇인가를 묻는 '예술의 정체성'을 탐색하는 길이다. 이 두 길은 서로를 꿈꾸기도 하고 불화하기도 하며, 이르지는 못했으나 버리지도 못하며 서로 동행하고 있다.

　보는 것에서 듣고, 맡고, 만져지고, 맛보는 감각으로의 확장은 대상에 대한 더 깊고 낮은 지층으로 이끈다. 시적 화자는 나만의 노래의 집을 짓겠다며 둘러메었던 무지개 사다리를 버리고는 "한결 수월해진 삶과 마주"(「근시」)하고 있다. 특히 예순의 또 다른 명칭인 이순(耳順)이 어떤 말을 들어도 귀에 거슬림이 없는 상태에 이르고자 하는 상태를 의미하는 것처럼, '듣는 것'의 깨달음이 반복적으로 시화되고 있다. "가을은 듣는 계절이다/ 낮은 달팽이관을 열고 다시금/ 스르르/ 물관을 따라 뿌리로 듣는/ 생(生)의 한 마디가 나 이테로 스미는// 울긋불긋, 비로소 내가 물드는"(「가을」) 시절에 닿고 있다. 또한 "소리는 밖이 아니라/ 채널의 안쪽에서/ 씨방으로 여문다는 것/ 그 여무는 소리는/ 언제나 아픔이어서/ 귀를 닫아야만 들린다는 것/ 또한 제 빛깔로 여무는 일은/ 그 아픔에 끄덕일 줄 안다는 것/ 그래야만 열매가 둥글어진다는 것"(「가을 달팽이」)을 더 깊이 이해하게 되는 존재의 시간이다.

　장문석 시의 미덕은 이처럼 느끼고 생각하는 감정을 미

화하거나 과장하지 않는 솔직함에 있다. 그로 해서 어디에
도 소속되지 않은 자연인에 가까워지는 시간에 대한 당혹감
과 두려운 기대의 복합적인 감정이 절실하게 다가온다. 예
순이란 나이는 나는 누구라는 정체성을 가장 실감하는 때이
기도 할 것이다. 역설적으로 이때를 어떻게 맞고 보내는가
에 따라 생의 무늬는 달라질 것이다. 그 이유는 오롯이 나
자신을 돌아볼 수 있는, 살아내야 할 다른 시간을 마주하고
있기 때문이다. 어쩌면 사회적인 가면인 페르소나를 풍경으
로 물리는 순간 운명처럼 만나고 싶은 당신은 시인 바로 '자
신'이겠다는 생각이 든다.

　뿔에서 뿌리로의 인식의 이동, 눈에서 귀로 옮아가는 감
각의 전이는 진정한 자기를 만나기 위한 시적 태도라고 할
수 있다.

　　　나는 밤마다 심장에 박힌 화살촉을
　　　망치로 두드렸다 화살촉은 너무 날카로워
　　　조금만 뒤척여도 눈물이 났다

　　　화살촉엔 돋을새김된 너의 이름이 선명했다

　　　도리질을 하며 망치로 두드렸다 무뎌지라고
　　　아니다 어쩌면 나는

너의 이름을 담금질하고 있었는지도 모른다

애당초 너에게 심장을 열어준 건 나였다
그때 내 심장은 너무 붉어 가둬둘 수가 없었다
기꺼이 생사의 경계에 서보고 싶었다

화살촉은 무뎌지지 않고 갈수록 자라났다

그걸 알면서도 두드렸다 짐짓
불꽃을 일으켜 이마에 지피고는
술도 뿌리고 노래도 불렀다

그런 날 밤이면 너의 이름은
더욱 깊숙한 곳으로 들어와 서늘하게 빛을 발했다
마침내 나는 그 서늘한 아픔에
입을 맞추기로 했다

순간, 휘영청 만월이 올랐다

—「만월」전문

비가시적인 실체는 '변화'를 통해 드러나곤 한다. 눈에 보이지 않으나 감각되는 것들을 통해 생의 기미 혹은 징후들이 포착된다. 시집의 주요 소재인 소리와 향은 파동과 흐름의 상징들이다. 시인이 즐겨 시화하는 꽃의 개화와 낙화, 채우며 비우는 달의 운행 또한 지금 그가 얼마나 시간에 대해 집중하고 있는지를 알게 해준다. 꽃과 물, 달을 형상화하는 원형적 상상력은 어떤 깨달음과 내려놓음과 삶에 대한 혜안으로 이끈다. 달은 음의 시간이며 여성성을 지닌 아니무스를 상징한다. 인간에게 예순이라는 시간은 달의 시간이며 아니무스의 시간과 닮아있다.

인간은 시간의 존재이다. 시간은 인간 존재를 탐구하는 철학의 오랜 주제이다. 세계에 피투된 한 생명은 희로애락의 경험들과 감정들로 점철된 흔적을 남기며 종국에는 스러져간다. 한 세계와의 깊은 단절이며 비약인 죽음에 대한 인식은 역설적으로 유한한 삶에 기투하게 한다. 이것이 인간의 숙명이다. 이로써 시간은 인간에 어떤 절대적인 지위를 갖게 된다. 근대를 추동한 직선적 세계관이든 동양적 사유에 기반한 순환적 세계관이든 인간은 시간과 대결하며 순응하는 존재다. 때때로 엄습해 오는 "죽음"으로 인해 "나"는 "살아있다는 것의 달콤한 통증"(통증)을 느낀다. "검은 띠 고깔을 쓴 사내"(문상)의 모습이 뒷덜미 뜨끔하게 "나"와 겹쳐지는 경험에서 죽음의 그림자와 생의 유한성을 실감하게 된다.

시간을 초월하고자 하는 욕망의 존재 또한 인간이다. 그 유한한 생명을 무한한 영원성으로 대체하는 방법 중의 하

나가 '예술'이다. 장문석 시인이 그토록 애면글면 꿈꾸는 것
이 '시'인 이유이다.

> 감히 중력이 미칠 수 없는
> 아름다움의 궁극
> 그런 초절정의 블랙홀이 있다는 것을
> 몰랐던 거야 오래도록
> 회한과 자위로 이부자리는 얼룩졌고
> 세월은 속절없이 그네를 탔지
> 이제 나는 늙어버렸어 붓 끝은 갈라지고
> 먹물엔 노을이 깃들기 시작했어
> 그런데 어쩌자고 당신은
> 여전히 한결같은 자태인 거야
> 고혹적인, 처음 그대로의
>
> ─「여전히 고혹적인」 부분

아름다운 존재와 조우할 때 '울컥'해진다. "휘영청 만월"
(「만월」)이 올라오는 그 '순간'에, 관계와 대상을 시화하는 감
정은 오롯이 전달된다. 속절없는 세월에 "나는 늙어버렸"
고 노을이 깃든 "회한과 자위"의 감정이 들수록 "감히 중력
이 미칠 수 없는/ 아름다움의 궁극"을 희구하게 된다. "나"
에게 여전히 한결같은 처음 그대로의 "비너스"는 물질뿐만

아니라 주위의 빛도 모두 빨아들이고, 나아가 시공간마저
도 무한히 휘게 하는 초절정의 블랙홀만큼 고혹적인 존재
이다. "정초의 아침" "신춘문예 당선 시를 읽"으며 30년 이
상 시를 가르치고/ 30년 이상 시를 써왔는데도/ 나는 참 하
수"(「나는 하수다」)라고 말하는 대목에선 부단히 시에 닿고자
하는 시인의 마음이 아리다. '내 사랑 도미니카' 연작이 궁
극의 세계에 닿고자 하는 이국적인 소망의 노래라면, '치술
원사' 연작은 사랑하는 이를 잃고 동백 꽃잎 지고 돌로 변하
여 망부석이 된, 못다 이룬 "검붉은 사랑"의 노래이다. 짧은
인생과 영속하는 예술 사이의 대비는 이처럼 시인에게 슬픔
인 동시에 끝까지 닿아야 할 희망인 것이다.

　　사랑은 이미 떠났거나 여전히 만져지지 않을 시간일지도
모른다. 그 시간을 견디며 나아가는 것이 여행으로서 인생
이 지닌 의미일 것이다. 거스를 수 없는 흐름이라면 그 변
화를 의미 있고 가치 있게 만드는 일 또한 각자에게 놓인 기
회이자 책무일 것이다. 시인은 커다란 양푼에 향내 나는 비
빔밥을 준비해 인생과 예술에 대한 목마름으로 지친 여행자
들을 둥근 식탁으로 초대한다.

　　　허브는 커다란 양푼이다
　　　터미널이다
　　　갖은 사연들이 사방에서 모여든다
　　　차림새가 조금씩 다르긴 해도

정갈한 예의범절이다

허브는 둥근 식탁이다
자전거 바퀴이다
수많은 살들이 모여 완벽한 중심을 이룬다
페달을 밟아보자, 참기름도 넉넉히 두르고
바퀴가 잘 굴러갈수록 맛깔스러워진다

속속들이 향내가 난다
로즈마리 향내가 나고 라벤더 향내가 나고
한동안 잊고 있었던
너의 향내가 나고 나의 향내가 나고
우리 모두의 향내가 난다

모두들 이리로 와 둘러앉아 보자
숟가락을 들어보자
오늘은, 오늘만큼은 너나없이
허브 비빔밥을 먹어보자
허브가 되어보자

―「허브 비빔밥」전문

이 시는 "삶이란 더불어 밥 먹을 인연을 찾아 떠나는/ 여행길"(「기차 여행」)이라는 아주 평범하고도 귀한 것임을 다시금 환기한다. 원래의 맛을 간직하면서 다른 맛들과 섞여 또 다른 맛으로 거듭나는 비빔밥은 시편 속 "술"을 권하고 나누려는 인정과 더불어 타인에 대한 환대와 삶에 대한 윤리적 태도이다. 시집 전체에 흐르고 있는 "향내"는 보이지 않는 순간에도 스미는 삶의 가치를 상징한다. 반복해서 재현되는 향연과 화和의 세계는 조화와 화학작용, 각각의 특성과 개성과 감각들이 만들어내는 세계이다. 시 「새끼를 꼬면서」「얼룩말」이 보여 주는 형상들은 경계와 어울림에 관한 사례들이다. 얼룩말의 "검은색과 흰색이 뿜어내는/ 절묘한 경계의 화음"을 꿈꾸며 "어울림"을 외면한 채 핏대를 세우고 으르렁거리는 오늘의 우리를 안타까워하는 마음은 이와 관련된다.

시집 『내 사랑 도미니카』는 시간을 사유하는 탐색이다. 시인의 말에서 암시했듯 내 화원에 꽃 한 송이 심어놓고 간 이후 내가 그린 풍경과 한바탕 몸살을 앓고 당신 뒤에 서 있게 한 존재를 찾아가는 여정이다. 시집을 여는 시 「예순이 왔다」와 여미는 시 「아직은 꽃」은 절묘한 조합이다. 그렇다, 꽃철 지나갔어도, 모든 "나"는 아직도 여전히 꽃이다.

시인 장문석은 지금 덜컥과 울컥의 시간을 건너고 있다. 어떤 깨달음에 이른다는 것은 먼저 오기도 나중에 오기도 하나 이전과 다른 것을 체득한다는 점에서 경이로운 일이다. 한 세계에서 다른 세계로의 이행은 덜컥 다가온 것들을 울컥하는 마음으로 안아 그 사이 어디쯤 존재의 꽃을 피우고 향내로 가득해지는 것이다. 시간이 이루는 가장 귀한 것은 삶과 예술과 존재에 대한 성찰일 터, 시인 장문석이 그려낸 아름다운 도미니카, 그것은 예순의 감각과 마음으로 피워낸 허브이다. 그의 여행이 중단 없이 이어지길 희망한다. 그리고 그 향내가 오래도록 우리 곁에 머물러주었으면 좋겠다.